BIBLIOTHÈQUE

RELIGIEUSE, MORALE, LITTÉRAIRE,

PUBLIÉE AVEC APPROBATION

de Mgr l'Archevêque de Bordeaux.

CONTES

DES FÉES

PAR

CHARLES PERRAULT.

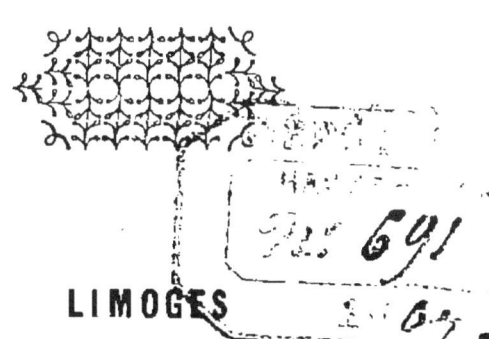

LIMOGES

Eugène ARDANT et C. THIBAUT,
Imprimeurs-Libraires-Editeurs.

—

1867

C.

CONTES

DES FÉES.

〰〰〰〰〰〰〰〰〰〰〰〰〰〰〰〰〰〰

LA

BARBE-BLEUE.

Il était une fois un homme qui avait de belles maisons à la ville et à la campagne, de la vaisselle d'or et d'argent, des meubles en broderie et des carrosses tout dorés. Mais, par malheur, cét homme avait la barbe bleue; cela le rendait si laid et si terrible, qu'il n'était ni femme ni fille qui ne s'enfuît de devant lui.

Une de ses voisines, dame de qualité, avait deux filles. Il lui en demanda une en mariage, en lui laissant le choix de celle qu'elle voudrait lui donner. Elles n'en voulaient ni l'une ni l'autre, ne pouvant se résoudre à prendre un homme qui eût la barbe bleue. Ce qui les dégoûtait encore, c'est qu'il avait déjà épousé plusieurs femmes, et qu'on ne savait ce que ces femmes étaient devenues.

La Barbe-Bleue, pour faire connaissance, les mena avec leur mère, et trois ou quatre de leurs meilleures amies, et quelques jeunes gens du voisinage, à une de ses maisons de campagne, où on demeura huit jours entiers. La cadette commença à trouver que le maître du logis était un fort honnête homme. Dès qu'on fut de retour à la ville, le mariage se conclut.

Au bout d'un mois, la Barbe-Bleue dit à sa femme qu'il était obligé de faire un voyage en province, de six semaines au moins, pour une affaire de conséquence; qu'il la priait de se bien divertir pendant son absence;

qu'elle fît venir ses bonnes amies,
qu'elle les menât à la campagne si
elle voulait; que partout elle fît
bonne chère.

— Voilà, dit-il, les clefs de deux
grands garde-meubles; voilà celle de
la vaisselle d'or et d'argent, qui ne
sert pas tous les jours; voilà celle
de mes coffres-forts, où est mon or
et mon argent; celle de mes casset-
tes, où sont mes pierreries; et voilà
le passe-partout de tous les appar-
tements. Pour cette petite clef-ci,
c'est la clef du cabinet au bout de la
grande galerie de l'appartement bas :
ouvrez tout, allez partout; mais pour
ce petit cabinet, je vous défends d'y
entrer, et je vous le défends de telle
sorte que, s'il vous arrive de l'ouvrir, il n'y a rien que vous ne deviez
attendre de ma colère.

Elle promit d'observer exactement
tout ce qui lui venait d'être ordonné;
et lui, après l'avoir embrassée, monte

dans son carrosse et part pour son voyage.

Les voisines et les bonnes amies n'attendirent pas qu'on les envoyât quérir pour aller chez la jeune mariée, tant elles avaient d'impatience de voir toutes les richesses de sa maison, n'ayant osé y venir pendant que le mari y était, à cause de sa barbe bleue, qui leur faisait peur. Les voilà aussitôt à parcourir les chambres, les cabinets, les garderobes toutes on ne peut plus belles.

Elles montèrent ensuite aux gardemeubles, où elles ne pouvaient assez admirer le nombre et la beauté des tapisseries, des lits, des sofas, des cabinets, des guéridons, des tables et des miroirs où l'on se voyait depuis les pieds jusqu'à la tête, et dont les bordures, les unes de glace, les autres d'argent et de vermeil doré, étaient les plus belles et les plus magnifiques qu'on eût jamais vues;

elles ne cessaient d'exagérer et d'envier le bonheur de leur amie, qui, cependant, ne se divertissait point à voir toutes ces richesses, à cause de l'impatience qu'elle avait d'aller ouvrir le cabinet de l'appartement bas.

Elle fut si pressée de sa curiosité, que, sans considérer qu'il était malhonnête de quitter sa compagnie, elle descendit par un escalier dérobé, et avec tant de précipitation, qu'elle pensa se rompre le cou deux ou trois fois. Etant arrivée à la porte du cabinet, elle s'y arrêta quelque temps, songeant à la défense que son mari lui avait faite, et considérant qu'il pourrait lui arriver malheur d'avoir été désobéissante; mais la tentation était si forte, qu'elle ne put la surmonter : elle prit donc la petite clef, et ouvrit en tremblant la porte du cabinet.

D'abord elle ne vit rien, parce que les fenêtres étaient fermées.

Après quelques moments, elle commença à voir que le plancher était tout couvert de sang caillé, dans lequel se miraient les corps de plusieurs femmes mortes et attachées le long des murs : c'étaient toutes les femmes que la Barbe-Bleue avait épousées, et qu'il avait égorgées l'une après l'autre.

Elle pensa mourir de peur, et la clef du cabinet, qu'elle venait de retirer de la serrure, lui tomba de la main.

Après avoir un peu repris ses sens, elle ramassa la clef, referma la porte, et monta à sa chambre pour se remettre un peu; mais elle n'en pouvait venir à bout, tant elle était émue. Ayant remarqué que la clef était tachée de sang, elle l'essuya deux ou trois fois; mais le sang ne s'en allait point; elle eut beau la laver, et même la frotter avec du sable et du grès, il y demeura toujours du sang; car la clef était fée, et il n'y avait pas moyen de la nettoyer tout-à-fait : quand on ôtait le sang d'un côté, il revenait de l'autre.

La Barbe-Bleue revint de son voyage dès le soir même, et dit qu'il avait reçu des lettres dans le chemin, qui lui avaient appris que l'affaire pour laquelle il était parti venait d'être terminée à son avantage. Sa femme fit tout ce qu'elle put pour lui témoigner qu'elle était ravie de son prompt retour.

Le lendemain, il lui redemanda les clefs, et elle les lui donna, mais d'une main si tremblante, qu'il devina sans peine tout ce qui s'était passé.

— D'où vient, lui dit-il, que la clef du cabinet n'est point avec les autres ?

— Il faut, dit-elle, que je l'aie laissée là-haut sur ma table.

— Ne manquez pas, dit la Barbe-Bleue, de me la donner tantôt.

Après plusieurs remises, il fallut apporter la clef. La Barbe-Bleue, l'ayant considérée, dit à sa femme :

— Pourquoi y a-t-il du sang sur cette clef?

— Je n'en sais rien, répondit la pauvre femme, plus pâle que la mort.

— Vous n'en savez rien? reprit la Barbe-Bleue; je le sais bien, moi. Vous avez voulu entrer dans le cabinet? Eh bien! Madame, vous y entrerez aussi, et vous irez prendre place auprès des dames que vous y avez vues.

Elle se jeta aux pieds de son mari, en pleurant et en lui demandant pardon avec toutes les marques d'un vrai repentir, de n'avoir pas été obéissante. Elle aurait attendri un rocher, affligée comme elle était;

mais la Barbe-Blene avait un cœur plus dur qu'un rocher.

— Il faut mourir, Madame, lui dit-il, et tout-à-l'heure.

— Puisqu'il faut mourir, répondit-elle en le regardant, les yeux baignés de larmes, donnez-moi un peu de temps pour prier Dieu.

— Je vous donne un demi-quart d'heure, reprit la Barbe-Bleue, mais pas un moment davantage.

Lorsqu'elle fut seule, elle appela sa sœur, et lui dit :

— Ma sœur Anne (car elle s'appelait ainsi), monte, je te prie, sur le haut de la tour, pour voir si mes frères ne viennent point : ils m'ont promis qu'ils viendraient me voir aujourd'hui; et, si tu les vois, fais-leur signe de se hâter.

La sœur Anne monta sur le haut de la tour; et la pauvre affligée lui criait de temps en temps :

— Anne, ma sœur Anne, ne vois-tu rien venir?

Et la sœur Anne lui répondait :

— Je ne vois rien que le soleil qui poudroie et l'herbe qui verdoie.

Cependant la Barbe-Bleue, tenant un grand coutelas à la main, criait de toute sa force : — Descends vite, où je monterai là-haut.

— Encore un moment, s'il vous plaît, lui répondit sa femme.

Et aussitôt elle criait tout bas :

— Anne, ma sœur Anne, ne vois-tu rien venir ?

Et la sœur Anne répondait :

— Je ne vois rien que le soleil qui poudroie et l'herbe qui verdoie.

— Descends donc vite, criait la Barbe-Bleue, ou je monterai là-haut.

— Je m'en vais, répondait sa femme.

Et puis elle criait :

— Anne, ma sœur Anne, ne vois-tu rien venir ?

— Je vois, répondit la sœur Anne, une grande poussière qui vient de ce côté-ci.

— Sont-ce mes frères?

— Hélas! non, ma sœur, je vois un troupeau de moutons.

— Ne veux-tu pas descendre? criait la Barbe-Bleue.

— Encore un petit moment, répondit sa femme.

Et puis elle criait

— Anne, ma sœur Anne, ne vois-tu rien venir?

— Je vois, répondit-elle, deux cavaliers qui viennent de ce côté; mais ils sont bien loin encore.

— Dieu soit loué! s'écria-t-elle un moment après, ce sont mes frères.

— Je leur fais signe tant que je puis de se hâter.

La Barbe-Bleue se mit à crier si fort, que toute la maison en trembla.

La pauvre femme descendit, et alla se jeter à ses pieds, tout éplorée et tout échevelée.

— Cela ne sert de rien, dit la Barbe-Bleue, il faut mourir. Puis, la prenant d'une main par les cheveux, et de l'autre levant le coutelas en l'air, il allait lui abattre la tête.

La pauvre femme, se tournant vers lui, et le regardant avec des yeux mourants, lui demanda un petit moment pour se recueillir.

— Non ! non ! dit-il, recommande-toi bien à Dieu. Et levant son bras...

Dans ce moment, on heurta si fort à la porte, que la Barbe-Bleue s'arrêta tout court : on ouvrit, et aussitôt on vit entrer deux cavaliers qui, mettant l'épée à la main, coururent droit à la Barbe-Bleue. Il reconnut que c'étaient les frères de sa femme, l'un dragon, et l'autre mousquetaire ; de sorte qu'il s'enfuit aussitôt pour se sauver. Mais les deux frères le poursuivirent de si près, qu'ils l'attrapèrent avant qu'il pût gagner le perron. Ils lui passèrent leur épée au travers du corps, et le laissèrent mort. La pauvre femme était presque aussi morte que son mari, et n'avait pas la force de se lever pour embrasser ses frères.

Il se trouva que la Barbe-Bleue n'avait point d'héritiers, et qu'ainsi sa femme demeura maîtresse de tous ses biens. Elle en employa une partie à marier sa jeune sœur Anne avec un gentilhomme; une autre partie à acheter des charges de capitaine à ses deux frères; et le reste à se marier elle-même à un fort honnête homme, qui lui fit oublier le mauvais temps qu'elle avait passé avec la Barbe-Bleue.

MORALITÉ.

Etre trop curieux est imprudente chose.
  Quand on veut tout voir, tout savoir,
A combien de malheurs, mes enfants, on
               [s'expose!
Si vous voulez qu'en vain nous n'ayons
               [pas parlé,
  Rappelez-vous cette petite clé.

2

LE PETIT

CHAPERON-ROUGE.

Il était une fois une petite fille de village, la plus aimable qu'on eût su voir : sa mère en était folle, et sa mère-grand plus folle encore. Cette bonne femme lui fit faire un petit chaperon rouge qui lui seyait si bien, que partout on l'appelait le petit Chaperon-Rouge.

Un jour, sa mère ayant fait et cuit des galettes, lui dit :

— Va voir comment se porte ta mère-grand; car on m'a dit qu'elle était malade. Porte-lui une galette et ce petit pot de beurre.

Le petit Chaperon-Rouge partit aussitôt pour aller chez sa mère-grand, qui demeurait dans un autre village. En passant dans un bois, elle rencontra compère le Loup, qui eut bien envie de la manger; mais il n'osa, à cause de quelques bûcherons qui étaient dans la forêt. Il lui demanda où elle allait. La pauvre enfant, qui ne savait pas qu'il était dangereux de s'arrêter à écouter un loup, lui dit :

— Je vais voir ma mère-grand, et lui porter une galette avec un pot de beurre, que ma mère lui envoie.

— Demeure-t-elle loin? lui dit le Loup.

— Oh! oui, lui dit le petit Chaperon-Rouge; c'est par-delà le moulin que vous voyez tout là-bas, là-bas, à la première maison du village.

— Eh bien! dit le Loup, je veux l'aller voir aussi; je m'y en vais par ce chemin-ci et toi par ce chemin-là, et nous verrons à qui plus tôt y sera.

Le Loup se mit à courir de toute

sa force par le chemin qui était le plus court, et la petite fille s'en alla par le chemin le plus long, s'amusant à cueillir des noisettes, à courir après des papillons, et à faire des bouquets de petites fleurs qu'elle rencontrait. Le Loup ne fut pas longtemps à arriver à la maison de la mère-grand; il heurte.

— Toc, toc.

— Qui est là ?

— C'est votre fille le petit Chaperon-Rouge, dit le Loup en contrefaisant sa voix, qui vous apporte une galette et un petit pot de beurre, que ma mère vous envoie.

La bonne mère-grand, qui était dans son lit, à cause qu'elle se trouvait un peu mal, lui cria :

— Tire la chevillette, la bobinette cherra.

Le Loup tira la chevillette, et la porte s'ouvrit. Il se jeta sur la bonne femme, et la dévora en moins de rien; car il y avait plus de trois jours qu'il n'avait mangé.

Ensuite, il ferma la porte, et s'alla coucher dans le lit de la mère-grand, en attendant le petit Chaperon-Rouge, qui, quelque temps après, vint heurter à la porte.

— Toc, toc.

— Qui est là?

Le petit Chaperon-Rouge, qui entendit la grosse voix du Loup, eut peur d'abord; mais, croyant que sa mère-grand était enrhumée, il répondit :

— C'est votre fille, le petit Chaperon-Rouge, qui vous apporte une galette et un petit pot de beurre, que ma mère vous envoie.

Le Loup lui cria, en adoucissant un peu sa voix :

— Tire la chevillette, la bobinette cherra.

Le petit Chaperon se déshabille, et va se mettre dans le lit, où elle fut bien étonnée de voir comment sa grand-mère était faite dans son déshabillé. Elle lui dit :

— Ma mère-grand, que vous avez de grands bras !

— C'est pour mieux t'embrasser, ma fille.

— Ma mère-grand, que vous avez de grandes jambes !

— C'est pour mieux courir, mon enfant.

— Ma mère-grand, que vous avez de grandes oreilles !

— C'est pour mieux écouter, mon enfant.

— Ma mère-grand, que vous avez de grands yeux !

— C'est pour mieux voir, mon enfant.

— Ma mère-grand, que vous avez de grandes dents !

— C'est pour te mieux manger.

Et, en disant ces mots, le méchant Loup se jéta sur le petit Chaperon-Rouge, et le mangea.

MORALITÉ.

Ce Chaperon-Rouge vous montre
Que loin de dire son secret
Au premier venu qu'on rencontre,
Sur ce point, au contraire, on doit rester
[muet.

De là découle aussi cette utile sentence
Que je formule en mots bien courts :
Vos parents ont pour vous et sagesse et pru-
[dence :
Recevez leurs conseils et suivez-les toujours.

LA BELLE

AU BOIS DORMANT.

Il était une fois un roi et une reine qui n'avaient qu'une fille. On donna pour marraines à la petite princesse toutes les fées qu'on put trouver dans le pays (il s'en trouva sept), afin que chacune d'elles, lui faisant un don, comme c'était la coutume des fées en ce temps-là, la princesse eût par ce moyen toutes les perfections imaginables.

Après les cérémonies du baptême, toute la compagnie revint au palais du roi, où il y avait un grand festin pour les fées. On mit devant chacune d'elles un couvert magnifique, avec un étui d'or massif, où il y avait une cuillère, une fourchette et un couteau de fin or, garnis de diamants et de rubis. Mais comme chacun prenait sa place à table, on vit entrer une vieille fée qu'on n'avait point priée, parce qu'il y avait plus de cinquante ans qu'elle n'était sortie d'une tour, et qu'on la croyait morte ou enchantée.

Le roi lui fit donner un couvert; mais il n'y eut pas moyen de lui don-

ner un étui d'or massif comme aux
autres, parce que l'on n'en avait fait
faire que sept pour les sept fées. La
vieille crut qu'on la méprisait, et
grommela quelques menaces entre
ses dents. Une des jeunes fées, qui
se trouva auprès d'elle, l'entendit;
et, jugeant qu'elle pourrait donner
quelque fâcheux don à la petite princesse, alla, dès qu'on fut sorti de
table, se cacher derrière la tapisserie, afin de parler la dernière, et de
pouvoir réparer, autant qu'il lui serait possible, le mal que la vieille
aurait fait.

Cependant les fées commencèrent
à faire leur don à la princesse. La
plus jeune lui donna pour don
qu'elle serait la plus charmante personne du monde; celle d'après,
qu'elle aurait de l'esprit comme un
ange; la troisième, qu'elle aurait une
grâce admirable à tout ce qu'elle ferait; la quatrième, qu'elle danserait

parfaitement; la cinquième, qu'elle chanterait comme un rossignol; et la sixième, qu'elle jouerait de toutes sortes d'instruments dans la dernière perfection.

Le rang de la vieille fée étant venu, elle dit en branlant la tête, encore plus de dépit que de vieillesse, que la princesse se percerait la main d'un fuseau, et qu'elle en mourrait. Ce terrible don fit frémir toute la compagnie, et il n'y eut personne qui ne pleurât.

Dans ce moment, la jeune fée sortit de derrière la tapisserie, et dit tout haut ces paroles :

— Rassurez-vous, roi et reine, votre fille n'en mourra pas; il est vrai que je n'ai pas assez de puissance pour défaire entièrement ce que mon ancienne a fait : la princesse se percera la main d'un fuseau; mais, au lieu d'en mourir, elle tombera seulement dans un profond sommeil qui durera cent ans, au bout desquels le fils d'un roi viendra la réveiller.

Le roi, pour tâcher d'éviter le malheur annoncé par la vieille, fit publier aussitôt un édit par lequel il défendait à toutes personnes de filer au fuseau, ni d'avoir des fuseaux chez soi, sous peine de la vie.

Au bout de quinze ou seize ans, le roi et la reine étant allés à une de leurs maisons de plaisance, il arriva que la jeune princesse, courant un jour dans le château, et montant de chambre en chambre, alla jusqu'au haut du donjon, dans un petit galetas, où une bonne vieille était seule à filer sa quenouille. Cette bonne femme n'avait point ouï parler des défenses que le roi avait faites de filer au fuseau.

— Que faites-vous là, ma bonne femme ? dit la princesse.

— Je file, mon enfant, lui répondit la vieille, qui ne la connaissait pas.

— Oh! que cela est joli! reprit la princesse : comment faites-vous? donnez-moi, que je voie si j'en ferais bien autant.

Elle n'eut pas plus tôt pris le fuseau, que, comme elle était fort vive, un peu étourdie, et que, d'ailleurs, l'arrêt des fées l'ordonnait ainsi, elle s'en perça la main et tomba évanouie.

La bonne vieille, bien embarrassée, crie au secours : on vient de tous côtés; on jette de l'eau au visage de la princesse; on la délace, on lui frappe dans les mains, on lui frotte les tempes avec de l'eau de la reine de Hongrie : mais rien ne la faisait revenir. Alors le roi, qui était monté au bruit, se souvint de la prédiction des fées; et, jugeant bien qu'il fallait que cela arrivât, puisque les fées l'avaient dit, fit mettre la princesse dans le plus bel appartement du palais, sur un lit en broderie d'or et d'argent.

Son évanouissement n'avait point ôté les couleurs vives de son teint; ses joues étaient incarnates, et ses lèvres comme du corail; elle avait seulement les yeux fermés, mais on l'entendait respirer doucement, ce qui faisait voir qu'elle n'était pas morte. Le roi ordonna qu'on la laissât dormir en repos, jusqu'à ce que son heure de se réveiller fût venue.

La bonne fée qui lui avait sauvé la vie en la condamnant à dormir cent ans était dans le royaume de Mataquin, à douze mille lieues de là, lorsque l'accident arriva à la princesse ; mais elle en fut avertie en un instant par un petit nain qui avait des bottes avec lesquelles on faisait sept lieues d'une seule enjambé). La fée partit aussitôt, et on la vit, au bout d'une heure, arriver dans un chariot de feu traîné par des dragons.

Le roi alla lui présenter la main à la descente du chariot. Elle approuva tout ce qu'il avait fait ; mais comme elle était grandement prévoyante, elle pensa que quand la princesse viendrait à se réveiller, elle serait bien embarrassée toute seule dans ce vieux château : voici ce qu'elle fit.

Elle toucha de sa baguette tout ce qui était dans le château (hors le roi et la reine), gouvernantes, filles d'honneur, femmes de chambre, gentilshommes, officiers, maîtres d'hôtel, cuisiniers, marmitons, galopins, gardes, suisses, pages, valets de pied, elle toucha aussi tous les chevaux qui étaient dans les écuries, avec les palefreniers, les gros mâtins de la basse-cour et la petite *Pouffe*, petite chienne de la princesse, qui était auprès d'elle sur son lit. Dès qu'elle les eut touchés, ils s'en-

dormirent tous, pour ne se réveiller
qu'en même temps que leur maîtresse, afin d'être toujours prêts à la
servir quand elle en aurait besoin.
Les broches même qui étaient au
feu, toutes pleines de perdrix et de
faisans, s'endormirent, et le feu aussi.
Tout cela se fit en un moment : les
fées n'étaient pas longues à leur be-
sogne.

Alors le roi et la reine, après avoir
baisé leur chère enfant sans qu'elle
s'éveillât, sortirent du château, fi-
rent publier des défenses à qui que
ce fût d'en approcher. Ces défenses
n'étaient pas nécessaires ; car il crût
dans un quart d'heure tout autour du
parc une si grande quantité de grands
arbres et de petits, de ronces et d'é-
pines entrelacés les unes dans les
autres, que bête ni homme n'y aurait
pu passer ; en sorte qu'on ne voyait
plus que le haut des tours du château, encore n'était-ce que de bien

loin. On ne douta point que la fée n'eût encore fait là un tour de son métier, afin que la princesse, pendant qu'elle dormirait, n'eût rien à craindre des curieux.

Au bout de cent ans, le fils du roi qui régnait alors, et qui était d'une autre famille que la princesse endormie, étant allé à la chasse de ce côté-là, demanda ce que c'était que ces tours qu'il voyait au-dessus d'un grand bois fort épais. Chacun lui répondit selon qu'il en avait ouï parler. La plus commune opinion était qu'un ogre y demeurait, et que là il emportait tous les enfants qu'il pouvait attraper, pour les pouvoir manger à son aise et sans qu'on pût le suivre, ayant seul le pouvoir de se faire un passage au travers du bois.

Le prince ne savait qu'en croire, lorsqu'un vieux paysan prit la parole, et lui dit :

— Mon prince, il y a plus de cin-

quante ans que j'ai ouï dire à mon
père qu'il y avait dans ce château
une princesse, laquelle y devait dormir cent ans et qu'elle serait ré-
veillée pâr le fils d'un roi, à qui elle
était réservée.

« Le jeune prince, à ce discours, se
sentit tout de feu ; il crut sans balan-
cer qu'il mettrait fin à une si belle
aventure ; et il résolut de voir sur-
le-champ ce qu'il en était. A peine
s'avança-t-il vers le bois, que tous
ces grands arbres, ces ronces et ces
épines s'écartèrent d'eux-mêmes
pour le laisser passer. Il marcha
vers le château qu'il voyait au bout
d'une grande avenue, où il entra ; et,
ce qui le surprit un peu, il vit que
personne de ses gens ne l'avait pu
suivre, parce que les arbres s'étaient
rapprochés dès qu'il avait été passé.
Il ne laissa pas de continuer son chemin. Il entra dâns une grande avant-
cour, où tout ce qu'il vit d'abord

3

était capable de le glacer de crainte.
C'était un silence affreux : l'image de
la mort s'y présentait partout ; et ce
n'était que des corps étendus d'hom-
mes et d'animaux qui paraissaient
morts. Il reconnut pourtant bien,
au nez bourgeonné et à la face
vermeille des suisses, qu'ils n'é-
taient qu'endormis ; et leurs tasses,
où il y avait encore quelques gouttes
de vin, montraient assez qu'ils s'é-
taient endormis en buvant. Il passe
dans une grande cour pavée de mar-
bre ; il monte l'escalier ; il entre dans
la salle des gardes, qui étaient ran-
gés en haie, la carabine sur l'épaule,
et ronflant de leur mieux. Il traverse
plusieurs chambres pleines de gentilshommes et de dames dormant
tous, les uns debout, les autres as-
sis. Il entra dans une chambre do-
rée ; et il vit sur un lit, dont les ri-
deaux étaient ouverts de tous côtés,
une princesse qui paraissait avoir
quinze ou seize ans.

Il s'approcha en tremblant et en admirant, et se mit à genoux auprès d'elle. Alors, comme la fin de l'enchantement était venue, la princesse s'éveilla ; et le regardant avec étonnement.

— Est-ce vous, mon prince ? lui dit-elle ; vous vous êtes bien fait attendre.

Le prince, charmé de ces paroles, et plus encore de la manière dont elles étaient dites, ne savait comment lui témoigner sa joie et sa reconnaissance. Il était plus embarrassé qu'elle, et l'on ne doit pas s'en étonner : elle avait eu le temps de songer à ce qu'elle aurait à lui dire. Enfin il y avait quatre heures qu'ils se parlaient, et ils ne s'étaient pas encore dit la moitié des choses qu'ils avaient à se dire.

Cependant tout le palais s'était réveillé avec la princesse : chacun songeait à faire sa charge ; et ils mouraient de faim. La dame d'honneur, pressée comme les autres, s'impatienta, et dit tout haut à la princesse que la viande était servie. Le prince aida la princesse à se lever : elle était tout habillée, et fort magnifiquement ; mais il se garda bien de lui dire qu'elle était habillée comme ma mère-grand, et qu'elle avait un collet monté. Ils passèrent dans un salon de miroirs, et y soupèrent, servis par les officiers de la princesse. Les violons et les hautbois jouèrent de vieilles pièces, mais excellentes, quoiqu'il y eût près de cent ans qu'on ne les jouât plus ; et après souper, sans perdre de temps, le grand aumônier les maria dans la chapelle du château.

Le prince la quitta dès le matin pour retourner à la ville, où son père devait être en peine de lui. Le prince vécut avec la princesse plus de deux ans entiers, et en eut deux enfants, dont le premier, qui était une fille, fut nommé *Aurore*, et le second, un fils, qu'on nomma *Jour*, parce qu'il paraissait encore plus beau que sa sœur.

Ainsi, quand le roi son père fut mort, ce qui arriva au bout de deux ans, et qu'il se vit le maître, il déclara publiquement son mariage, et alla en grande cérémonie quérir la reine sa femme, dans son château.

On lui fit une entrée magnifique dans la ville capitale, où elle entra au milieu de ses deux enfants.

Quelque temps après, le roi alla faire la guerre à l'empereur Cantalabutte, son voisin. Il laissa la régence du royaume à la reine sa mère, et lui recommanda fort sa femme et ses enfants.

Il devait être à la guerre tout l'été; et dès qu'il fut parti, la reine-mère envoya sa bru et ses enfants à une maison de campagne dans les bois, pour pouvoir plus aisément assouvir son horrible envie, car elle était ogresse.

Elle y alla quelques jours après, et dit un soir à son maître d'hôtel :

— Je veux manger demain à mon dîner la petite Aurore.

— Ah ! Madame, dit le maître d'hôtel.

— Je le veux, dit la reine.

Et elle le dit d'un ton d'ogresse qui a envie de manger de la chair fraîche.

— Et je la veux manger à la sauce Robert.

Ce pauvre homme, voyant bien qu'il ne fallait pas se jouer à une ogresse, prit son couteau, et monta à la chambre de la petite Aurore.

Elle avait pour lors quatre ans, et vint en sautant et en riant se jeter à son cou, et lui demander du bonbon.

Il se mit à pleurer ; le couteau lui tomba des mains ; et il alla dans la basse-cour couper la gorge à un petit agneau, et lui fit une si bonne sauce, que sa maîtresse l'assura qu'elle n'avait jamais rien mangé de si bon.

Il avait emporté en même temps la petite Aurore, et l'avait donnée à sa femme pour la cacher dans le logement qu'elle avait au fond de la basse-cour.

Huit jours après, la méchante reine dit à son maître d'hôtel :

— Je veux manger à mon souper le petit Jour.

Il ne répliqua pas, résolu de la tromper comme l'autre fois. Il alla chercher le petit Jour, et le trouva avec un petit fleuret à la main, dont il faisait des armes avec un gros singe : il n'avait pourtant que trois ans. Il le porta à sa femme, qui le cacha avec la petite Aurore, et donna, à la place du petit Jour, un chevreau fort tendre, que l'ogresse trouva admirablement bon.

Cela était fort bien allé jusque-là ; mais un soir, cette méchante reine dit au maître d'hôtel :

— Je veux manger la reine à la même sauce que ses enfants.

Ce fut alors que le pauvre maître d'hôtel désespéra de la pouvoir encore tromper. La jeune reine avait vingt ans passés, sans compter les cent ans qu'elle avait dormi : sa peau était un peu dure, quoique belle et blanche ; et le moyen de trouver dans la ménagerie une bête aussi dure que cela ! Il prit la résolution, pour sauver sa vie, de couper la gorge à la reine, et monta dans sa chambre dans l'intention de n'en pas faire à deux fois. Il s'excitait à la fureur et entra, le poignard à la main, dans la chambre de la jeune reine ; il ne voulut pourtant point la surprendre, et lui dit avec beaucoup de respect l'ordre qu'il avait reçu de la reine-mère.

— Faites, faites, lui dit-elle en lui tendant le cou; exécutez l'ordre qu'on vous a donné; j'irai revoir mes enfants, mes pauvres enfants, que j'ai tant aimés!

Elle les croyait morts depuis qu'on les avait enlevés sans lui rien dire.

— Non, non, Madame, lui répondit le pauvre maître d'hôtel tout attendri; vous ne mourrez point, et vous ne laisserez pas d'aller revoir vos enfants; mais ce sera chez moi, où je les ai cachés, et je tromperai encore la reine, en lui faisant manger une biche en votre place.

Il la mena aussitôt à sa chambre, où, la laissant embrasser ses enfants et pleurer avec eux, il alla accommoder une biche, que la reine mangea à son souper avec le même appétit que si c'eût été la jeune reine. Elle était bien contente de sa

cruauté ; elle se préparait à dire au
roi, à son retour, que les loups en-
ragés avaient mangé la reine sa
femme et ses deux enfants.

Un soir, qu'elle rôdait, à son ordi-
naire, dans les cours et basses cours
du château pour y halener quelque
viande fraîche, elle entendit, dans
une salle basse, le petit Jour, qui
pleurait, parce que la reine, sa mère,
le voulait faire fouetter à cause qu'il
avait été méchant ; et elle entendit
aussi la petite Aurore qui demandait
pardon pour son frère.

L'ogresse reconnut la voix de la
reine et de ses enfants ; et furieuse
d'avoir été trompée, elle commanda,
le lendemain au matin, avec une
voix épouvantable qui faisait trem-
bler tout le monde, qu'on apportât
au milieu de la cour une grande
cuve, qu'elle fit remplir de vipères,
de crapauds, de couleuvres et de
serpents, pour y faire jeter la reine

et ses enfants, le maître d'hôtel, sa femme et sa servante. Elle avait donné ordre de les amener les mains liées derrière le dos.

Ils étaient là, et les bourreaux se préparaient à les jeter dans la cuve, lorsque le roi, qu'on n'attendait pas sitôt, entra dans la cour à cheval; il était venu en poste, et demanda, tout étonné, ce que voulait dire cet horrible spectacle. Personne n'osait l'en instruire, quand l'ogresse, enragée de voir ce qu'elle voyait, se jeta elle-même la tête la première dans la cuve, et fut dévorée en un instant par les vilaines bêtes qu'elle y avait fait mettre. Le roi ne laissa pas d'en être fâché, car elle était sa mère; mais il s'en consola bientôt avec sa belle femme et ses enfants.

MORALITÉ.

Cette vilaine Ogresse est l'image bien claire
Du méchant qui dans ses forfaits
Trouve un effroyable salaire,
Sans pouvoir l'éviter jamais.

LES FÉES.

Il était une fois une veuve qui avait deux filles : l'aînée lui ressemblait si fort et d'humeur et de visage, que qui la voyait voyait la mère : elles étaient toutes deux si désagréables et si orgueilleuses, qu'on ne pouvait vivre avec elles. La cadette, qui était le vrai portrait de son père pour la douceur et pour l'honnêteté, était avec cela une des plus belles filles qu'on eût su voir.

Comme on aime naturellement son semblable, cette mère était folle de sa fille aînée, et en même temps avait une aversion effroyable pour la cadette. Elle la faisait manger à la cuisine et travailler sans cesse. Il fallait, entre autres choses, que cette pauvre enfant allât deux fois le jour puiser de l'eau à une grande demi-lieue du logis, et qu'elle en rapportât plein une grande cruche.

Un jour qu'elle était à cette fontaine, il vint à elle une pauvre femme qui la pria de lui donner à boire.

— Oui-dà, ma bonne mère, dit cette douce fille.

Et, rinçant aussitôt sa cruche, elle puisa de l'eau au plus bel endroit de la fontaine, et la lui présenta, soutenant toujours la cruche, afin qu'elle bût plus aisément.

La bonne femme, ayant bu, lui dit :

— Vous êtes si bonne et si honnête, que je ne puis m'empêcher de vous faire un don (car c'était une fée qui avait pris la forme d'une pauvre femme de village, pour voir jusqu'où irait l'honnêteté de cette jeune fille). Je vous donne pour don, poursuivit la fée, qu'à chaque parole que vous direz, il vous sortira de la bouche ou une fleur ou une pierre précieuse.

Lorsque cette charitable fille arriva au logis, sa mère la gronda de revenir si tard de la fontaine.

— Je vous demande pardon, ma mère, dit cette pauvre fille, d'avoir tardé si longtemps.

Et en disant ces mots, il lui sortit de la bouche deux roses, deux perles et deux gros diamants.

— Que vois-je là ? dit sa mère tout étonnée. Je crois qu'il lui sort de la bouche des perles et des diamants ! D'où vient cela, ma fille ? (Ce fut là la première fois qu'elle l'appela sa fille.)

La pauvre enfant lui raconta naïvement tout ce qui lui était arrivé, non sans jeter une infinité de diamants.

— Vraiment, dit la mère, il faut que j'y envoie ma fille. Tenez, Fanchon, voyez ce qui sort de la bouche de votre sœur quand elle parle : ne seriez-vous pas bien aise d'avoir le même don ? Vous n'avez qu'à aller puiser de l'eau à la fontaine; et quand une pauvre femme vous demandera à boire, lui en donner bien honnêtement.

— Il me ferait beau voir, répondit la brutale, aller à la fontaine!

— Je veux que vous y alliez, reprit la mère, et tout à l'heure.

Elle y alla, mais toujours en grondant. Elle prit le plus beau flacon d'argent qui fût dans le logis. Elle ne fut pas plus tôt arrivée à la fontaine, qu'elle vit sortir du bois une dame magnifiquement vêtue, qui vint lui demander à boire; c'était la même fée, qui avait pris l'air et les habits d'une princesse, pour voir jusqu'où irait la malhonnêteté de cette fille.

— Est-ce que je suis ici venue, lui dit cette brutale orgueilleuse, pour vous donner à boire? Justement, j'ai apporté un flacon d'argent tout exprès pour donner à boire à madame! j'en suis d'avis : buvez à même si vous voulez.

— Vous n'êtes guère honnête, reprit la fée sans se mettre en colère. Eh bien ! puisque vous êtes si obligeante, je vous donne pour don qu'à chaque parole que vous direz il vous sortira de la bouche ou un serpent, ou un crapaud.

D'abord que sa mère l'aperçut, elle lui cria :

— Eh bien ! ma fille?

— Eh bien ! ma mère, lui répondit la brutale en jetant deux vipères et deux crapauds.

— O ciel ! s'écria la mère, que

vois-je là? C'est sa sœur qui en est cause ; elle me le payera !

Et aussitôt elle courut pour la battre.

La pauvre enfant s'enfuit, et alla se sauver dans la forêt prochaine. Le fils du roi, qui revenait de la chasse, la rencontra ; et, la voyant si belle, lui demanda ce qu'elle faisait là toute seule et ce qu'elle avait à pleurer.

— Hélas ! Monsieur, c'est ma mère qui m'a chassée du logis.

Le fils du roi, qui vit sortir de sa bouche cinq ou six perles et autant de diamants, la pria de lui dire d'où cela venait. Elle lui conta toute son aventure. Le fils du roi considérant qu'un tel don valait mieux que tout ce qu'on pouvait donner en mariage à une autre, l'emmena au palais du roi son père, où il l'épousa.

Pour sa sœur, elle se fit tant haïr, que sa pauvre mère la chassa de chez

4

elle ; et la malheureuse, après avoir bien couru sans trouver personne qui voulût la recevoir, alla mourir au coin d'un bois.

LE

CHAT BOTTÉ.

Un meunier ne laissa pour tous biens, à trois enfants qu'il avait, que son moulin, son âne et son chat. Les partages furent bientôt faits : ni le notaire ni le procureur n'y furent point appelés, ils auraient eu bientôt mangé tout le pauvre patrimoine.

L'aîné eut le moulin ; le second eut l'âne ; et le plus jeune n'eut que le chat.

Ce dernier ne pouvait se consoler d'avoir un si pauvre lot.

— Mes frères, disait-il, pourront gagner leur vie honnêtement en se mettant ensemble : pour moi, lorsque j'aurai mangé mon chat, et que je me serai fait un manchon de sa peau, il faudra que je meure de faim.

Le Chat, qui entendait ce discours, mais qui n'en fit pas semblant, lui dit d'un air posé et sérieux :

— Ne vous affligez point, mon maître : vous n'avez qu'à me donner un sac et me faire faire une paire de bottes pour aller dans les broussailles, et vous verrez que vous n'êtes pas si mal partagé que vous croyez.

Quoique le maître du Chat ne fît pas grand fond là-dessus, il lui avait vu faire tant de tours de souplesse pour prendre des rats et des souris, comme quand il se pendait par les pieds ou qu'il se cachait dans la farine pour faire le mort, qu'il ne dés-

espéra point d'en être secouru dans
sa misère.

Lorsque le Chat eut ce qu'il avait
demandé, il se botta bravement; et,
mettant son sac à son cou, il en prit
les cordons avec ses deux pattes de
devant, et s'en alla dans une garenne
où il y avait grand nombre de lapins.
Il mit du son et des lacerons dans
son sac; et, s'étendant comme s'il
eût été mort, il attendit que quelque
jeune lapin, peu instruit encore des
ruses de ce monde, vînt se fourrer
dans son sac pour manger ce qu'il y
avait mis.

A peine fut-il couché, qu'il eut
contentement : un jeune étourdi de
lapin entra dans son sac; et le maître
Chat, tirant aussitôt ses cordons, le
prit et le tua sans miséricorde.

Tout glorieux de sa proie, il s'en
alla chez le roi et demanda à lui
parler.

On le fit monter à l'appartement de

Sa Majesté, où, étant entré, il fit une grande révérence au roi, et lui dit :

— Voilà, sire, un lapin de garenne que M. le marquis de Carabas (c'était le nom qu'il prit en gré de donner à son maître) m'a chargé de vous présenter de sa part.

— Dis à ton maître, répondit le roi, que je le remercie et qu'il me fait plaisir.

Une autre fois, il alla se cacher dans un blé, tenant toujours son sac ouvert ; et lorsque deux perdrix y furent entrées, il tira les cordons et les prit toutes les deux.

Il alla ensuite les présenter au roi, comme il avait fait pour le lapin de garenne. Le roi reçut encore avec plaisir les deux perdrix, et lui fit donner pour boire.

Le Chat continua ainsi, pendant deux ou trois mois, à porter de temps en temps au roi du gibier de la chasse de son maître. Un jour qu'il sut que le roi devait aller à la promenade sur le bord de la rivière avec sa fille, la plus riche princesse du monde, il dit à son maître :

— Si vous voulez suivre mon conseil, votre fortune est faite; vous n'avez qu'à vous baigner dans la rivière, à l'endroit que je vous montrerai, et ensuite me laisser faire.

Le marquis de Carabas fit ce que son Chat lui conseillait, sans savoir à quoi cela serait bon.

Dans le temps qu'il se baignait, le roi vint à passer ; et le Chat se mit à crier de toute sa force :

— Au secours ! au secours ! voilà M. le marquis de Carabas qui se noie!

A ce cri, le roi mit la tête à la portière; et, reconnaissant le Chat qui lui avait apporté tant de fois du gibier, il ordonna à ses gardes qu'on allât vite au secours de M. le marquis de Carabas.

Pendant qu'on retirait le pauvre

marquis de la rivière, le chat s'approchant du carrosse, dit au roi que dans le temps que son maître se baignait, il était venu des voleurs qui avaient emporté ses habits, quoiqu'il eût crié au voleur de toute sa force ; le drôle les avait cachés sous une grosse pierre.

Le roi ordonna aussitôt aux officiers de sa garde-robe d'aller quérir un de ses plus beaux habits pour M. le marquis de Carabas.

Le roi lui fit mille caresses ; et comme les beaux habits qu'on venait de lui donner relevaient sa bonne mine (car il était beau et bien fait de sa personne), la fille du roi le trouva fort à son gré ; et le marquis de Carabas ne lui eut pas plus tôt jeté deux ou trois regards fort respectueux, qu'elle désira l'épouser.

Le roi voulut qu'il montât dans son carrosse et qu'il fût de la promenade.

Le Chat, ravi de voir que son dessein commençait à réussir, prit les devants : et ayant rencontré des paysans qui fauchaient un pré, il leur dit :

— Bonnes gens qui fauchez, si vous ne dites au roi que le pré que vous fauchez appartient à M. le marquis de Carabas, vous serez tous hachés menu comme chair à pâté.

Le roi ne manqua pas à demander aux faucheurs à qui était ce pré qu'ils fauchaient.

— C'est à M. le marquis de Carabas, dirent-ils tous ensemble ; car la menace du Chat leur avait fait peur.

— Vous avez là un bel héritage, dit le roi au marquis de Carabas.

— Vous voyez, sire, répondit le marquis, c'est un pré qui ne manque point de rapporter abondamment toutes les années.

Le maître Chat, qui allait toujours devant, rencontra des moissonneurs, et leur dit :

— Bonnes gens qui moissonnez, si vous ne dites que tous ces blés appartiennent à M. le marquis de Carabas, vous serez tous hachés menu comme chair à pâté.

Le roi, qui passa un moment après, voulut savoir à qui appartenaient tous les blés qu'il voyait.

— C'est à M. le marquis de Carabas, répondirent les moissonneurs.

Et le roi s'en réjouit avec le marquis.

Le Chat, qui allait devant le carrosse, disait toujours la même chose à tous ceux qu'il rencontrait; et le roi était étonné des grands biens de M. le marquis de Carabas.

Le maître Chat arriva enfin dans un beau château, dont le maître était un Ogre, le plus riche qu'on ait jamais vu : car toutes les terres par où le roi avait passé étaient de la dépendance de ce château.

Le Chat eut soin de s'informer qui

était cet Ogre, et ce qu'il savait faire, et demanda à lui parler, disant qu'il n'avait pas voulu passer si près de son château sans avoir l'honneur de lui faire la révérence.

L'Ogre le reçut aussi civilement que le peut un ogre, et le fit reposer.

— On m'a assuré, dit le Chat, que vous aviez le don de vous changer en toutes sortes d'animaux; que vous pouviez, par exemple, vous transformer en lion, en éléphant.

— Cela est vrai, répondit l'Ogre brusquement, et, pour vous le montrer, vous m'allez voir devenir lion.

Le Chat fut si effrayé de voir un lion devant lui, qu'il gagna aussitôt les gouttières, non sans peine et sans péril, à cause de ses bottes, qui ne valaient rien pour marcher sur les tuiles.

Quelque temps après, le Chat, ayant vu que l'Ogre avait quitté sa première forme, descendit et avoua qu'il avait eu bien peur.

— On m'a assuré encore, dit le Chat, mais je ne saurais le croire, que vous aviez aussi le pouvoir de prendre la forme des plus petits animaux ; par exemple, de vous changer en un rat, en une souris : je vous avoue que je tiens cela tout-à-fait impossible.

— Impossible! reprit l'Ogre ; vous allez le voir.

Et en même temps il se changea en une souris, qui se mit à courir sur le plancher.

Le Chat ne l'eut pas plus tôt aperçue, qu'il se jeta dessus et la mangea.

Cependant le roi, qui vit en passant le beau château de l'Ogre, voulut entrer dedans.

Le Chat, qui entendit le bruit du carrosse qui passait sur le pont-levis du château, courut au-devant, et dit au roi :

— Votre Majesté soit la bienvenue dans ce château de M. le marquis de Carabas!

— Comment! monsieur le marquis, s'écria le roi, ce château est encore à vous? Il ne se peut rien de plus beau que cette cour, et que tous ces bâtiments qui l'environnent; voyons le dedans, s'il vous plaît.

Le marquis donna la main à la princesse; et, suivant le roi qui montait le premier, ils entrèrent dans une grande salle, où ils trouvèrent une magnifique collation que l'Ogre avait fait préparer pour ses amis, qui le devaient venir voir ce même jour-là, mais qui n'avaient pas osé entrer, sachant que le roi y était.

Le roi, charmé des bonnes qualités de M. le marquis de Carabas, de même que sa fille, et voyant les grands biens qu'il possédait, lui dit, après avoir bu cinq à six coups:

— Il ne tiendra qu'à vous, monsieur le marquis, que vous soyez mon gendre.

Le marquis, faisant de grandes révérences, accepta l'honneur que lui faisait le roi ; et dès le jour même, il épousa la princesse.

Le Chat devint grand seigneur, et ne courut plus après les souris que pour se divertir.

MORALITÉ.

Le désespoir est un mauvais remède ;
Lorsque nous croyons tout perdu,
Levons les yeux au ciel : au moment imprévu
Se trouvera quelqu'un pour nous venir en aide.

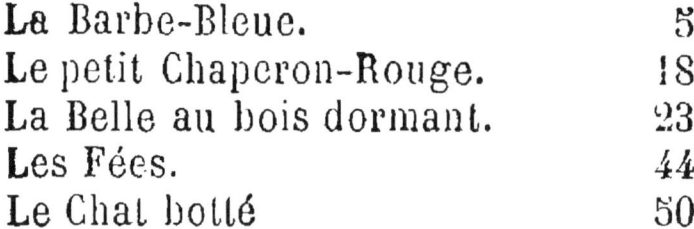

TABLE.

FIN DE LA TABLE.

LIMOGES ET ISLE.

Typogr. Eug. Ardant et G. Thibaut.

www.ingramcontent.com/pod-product-compliance
Lightning Source LLC
Chambersburg PA
CBHW060756180626

46818CB00002B/589